幻の母

城戸朱理

思潮社

幻の母

城戸朱理

思潮社

人間は泣きながら生まれてくる――W・S

目次

花の幽霊のように　一〇
北、という方位　一六
幻の母　二〇
神業《かむわざ》　二六
非望の、水　三〇
神来《かむらい》なき小さな国を　三四
さまよう声　三八
夏の花嫁　四三
人の果て　四八
千の文字、万の文字　五三

空位の国にも　吾
水の否決　夳
不滅の海　六八
相背くように　占
百年前のまぼろし　七八
水守り　八六
七時雨山から　九〇
漂鳥　九六
跋　一〇二

装幀＝思潮社装幀室

幻の母

花の幽霊のように

私も、　そう思う
小さな花の　たとえば銀色の葉をした
とても小さな花の　幽霊のように
とらえがたいものとしてあるのだ、　と
川の果てるところ。
すでにそれは川ではなく
魂をも震わすうねりは
その歓喜とも見える

これだったのか、
川が一途に夢見たものは――
応《いら》えはない。

水辺の暮らしは絶えた。
海と陸を分かつように
人は水を治めようとする
その美しい背理が
音もなく大地を殺していくとしても、
人が　老いることがないふりをしはじめたのは
いったい、いつのことだったのか

夢を語りながら
夢を見ることがなくなったのは。

それなのに陸地を分かつように川は流れ
今日、生まれたとでもいうように川は流れ。
ふと、ある国の言葉が甦える
「鳥のように自由な《フォーゲル・フライ》」という意味の
その言葉は、何者かを法の外に置くこと
すなわち「追放」を意味する　と。
山は深くなれば、異界
川も深い畏怖をたたえ。
追放された者の足跡を　もう千年も
雪《すす》いできただろうか
あと千年　姿を変えながら
流れつづけるのだろうか
まるで、今日生まれた、とでもいうように。

ここから歩いていく、
流域をさかのぼり、川の始まりを見るために。
人生のなかばを過ぎて　深い森に惑うように
思いつめていた、
川の源を
いっしんに、その始まりを
鳥のように　自由に。

世界を糾弾するように
一年に二箇月だけ　出現する大河があるという
かつて、そこは緑の森だった
森は次第に乾き　砂の海となった
たえまなくうねっては　姿を変え
あらゆる生き物を呑み込んで
忘却の供物とする

人々はいつしか砂の海をこう呼ぶようになった
「入れば二度とは出られぬ死の世界」
すなわち、塔克拉瑪干《タクラマカン》、と。
そこでは　あらゆる生き物が告げられるのだろう
おまえは自由だ、と。
そう、まるで鳥のように。
もし大地に意志があるのなら
それこそが、最後の世界
たえまなく姿を変えながら
あらゆるものを自らのうちに織り上げていく
悲鳴さえも静寂と偽って。
その世界の果て、唯一の自己同一性を南北に貫いて
突然、出現する幻の大河、ホータン。
真夏とともに流れ出す大地の逆説は
遠く崑崙《コンロン》山脈に端を発し

悪い血を混ぜ合わせるように
襲位を重ねた大地の夏を
冷たくすすいでいく
その夏と冬の出会いのさなかでも
人は砂に似て、
崩れ落ちては二度と戻らない
絹と玉を産むオアシスの町、
新疆《しんきょう》ウイグル自治区、ホータンに
長い影は落ち、
人々はその川が　遠く
世界の中心に始まることを信じている

北、という方位

北、という方位に
いまだに語られたことのない謎がある
潮風に髪を蒼く染めながら
そこが終わりであるからこそ
その果てにあるという
異国《とつくに》を夢見てもみるのだった
水のように光がよどむころ
月光も少しあおざめて

人が老いるように
川は流れ。

たとえ、かりそめのものであったとしても
その始まりが見てみたかった
青空に染め抜かれた瞳のような
ひとしずくを。
大気と重力と
諸力にあらがう決意に似たものを。

このように水に恵まれた邦《くに》にあっては
人の一生もさだかではなくて。

ひととき、結ばれるもの
大気と水面《みなも》の婚礼は

光の子を生む。
ここまで旅してくると
水が匂う、
人の躰《からだ》からさえも。

さざなみのような安寧。
浄不浄をきらわず
男女《なんにょ》をえらばず
貴賤をとわず
今は絶えた、それは産土《うぶすな》の神の声か。

ヤマドリがホロロを打つ。
あれは果無《はてなし》と呼ばれる山脈《やまなみ》。
立ち止まるように、顧《かえり》みるかのように
喉の渇きを冬苺《ふゆいちご》でうるおしたのは

いつのことだったのだろう
昼夜を分かつ、
名指しえない明るさにも似て
しずかに身に満ちてくるものがあれば、
やむことのない神代《かみよ》の音。
とどこおるように、立ち止まるように、
まるで、国の成り立ちのような。

幻の母

その国は多くの断層によって
おびただしい地塁や地溝に区分られて
いよいよ起伏を鮮やかにしていく
そのためか　川も
急な勾配を持ち　流路は短く
大陸から来た人には
あらゆる川が上流に見える、と云う
急流は土砂を運び、土地を浸食し

沖積平野を形成るが、
わずかな平野には
苦痛として現象するように
生き物が肩を寄せ合っている、
そう聞いたのだが。

ふるさとに近づくと
なぜか――
うっすらと痛みを曳いて
今、
まぼろしの母がよぎった

どちらが耐えがたいのだろう、
生きていることと、
生きていないことでは。

山の奥、
人もなく静まりかえる湖沼では
ねっとりと蜜に濡れたような
植物が発芽し、
ひそかに「秘密」を育《はぐく》んでいる
ときおりは草も木も
叫び出したくなるから
静けさだけがさらに深まって。

山は、影で出来ているように見える。

純粋なものは生きものを拒否するから
このあたりの流れは零度の薄刃のようで
何人《なんぴと》も川を渡ることはできない
もし、その禁忌を犯すなら

そのときこそ人は知るだろう、
自分がいまだに、ふるさとにあることを。
そして、生涯もまた言葉で出来ているから
誰もが言葉を綴り始め。

もし、山が影のように見えるのなら
その山に影を落とす
本当の山があるに違いない
それは唯一の山、
あるいは揺るがぬ幻像《ヴィジョン》のようなもの
わたしたちの眼に見えるものの
なんと少ないことか
一九〇七年、
それは宇宙の中心が発見された年
スウェン・ヘディンは旅立つ

ひたすら、川の源へと。

秘密がそのようにして暴かれるとき、
今いちど、そして再び
うっすらと痛みを曳いて
まぼろしの母がよぎった

神業《かむわざ》

海と山が水を争うならば
必ずや　海がこれを得る、
だとしたら　川とは
山から発するというのに
海の一部分なのだろうか
川のほとり、汨羅《べきら》と呼ばれるところで
亡国を憂えた古《いにしえ》の詩人は、
石を抱いて身を投げ

その波紋は、今も
人という人のからだのなかに広がって
あたりの大気をりんりんと鳴らすだろう
それは魂振《たまふり》の音にも聞こえるが
本当は　水と大気の
張り詰めた関係が、
目には見えない銀の糸となって
風と触れる音。
純粋すぎる魂が壊れるときのように
その音は　あまりに明るく
澄み渡っている
そのようにして歩いていると
汗まで草木の緑に染まっては
軀《からだ》を　そして心を冷やしていくのだが
石を抱くように　樹々を抱き

樹液の流れに耳を澄ましているとき
この旅は終わることがない、
ふと、そのことに気づいた
始まりを尋ねることは
終わりを問うことではないから。
今日は雨が降った。
かすかに熱を帯びたからだには
川音も何やら昏い秘密をささやくかのようで
目を伏せれば
乳房のようにまろやかな山あいに
落ちる影は
次第に薄くなっていく

今日も雨が降った。

非望の、水

昔、このあたりでは
月光を盃に汲んで
売る商売もあった、とか
桃生《ものう》と呼ばれるあたり
稲妻のように川は流れを変え
追波川とその名まで変え
果てしらぬところで　すでに川ではないものに
抱かれることを夢見ていた、

ひたすら　波を追うように。
誰かが、蒼白い鹿を見たと言った
それも、川の幻。
病を得たときの
すみれ色にけぶるような瞳で
森の奥に姿を消していった、と。
もし、不死がさだめなら
それは　必ずや
出会った者すべての
死を見送るというさだめ
終わりえぬ者の悲嘆は
はてしない夜に似て
望みえぬ末期の水への飢餓となる
昔、この川のほとりに
百壺蒐集の願を立て

群がる壺に魂を吸われた男もあった、とか。
今では、
その男の骨は壺に抱えられるように土中にあって
壺は、

何も語らない。

神来《かむらい》なき小さな国を

北の水は薄く、
身をひたすなら　熱だけを
激しく奪っていく。
人々の語尾も
地にもぐるようにくぐもって。
小さな花が咲いていた、
幾千もの鈴を鳴らすように。

川音が葉端《はずえ》から肺のなかまで震わして
水面を叩くように雨が降る。
そのひとつひとつを聴きわけられるだろうか
そのひとつひとつの音もまた、
それぞれが流域の始まりであるというのに――

ここでは歴史にさえ
草が生える。
川は瑠璃琴《るりきん》のように流れては
人々の苦しみと
苦しむ人々を
ともに流し去っていく。
人々の語尾は
地にもぐるようにくぐもって。
ためらいそのものと

とどこおるものであるかのように。

その昔、「みずなぶり」という
遊びがあった、と伝え聞いて。
けれども戯れようにも
この川は　あまりに直情で
ひたすらに南下するだけなのだ。
川べりには
淋しいつたうるしやからすうりがしがみつき
草々も川べりにしがみつき
人々のように
うなだれているだけなのだ。
川は　いにしえの国の名を留めて
その冷たさで地にもぐるように流れ
滅びた国、忘れ去られた人の

体温で流れ
もうひとりの
自分の葬儀に立ち会うように。

どこかに夏が潜んでいないか
息をひそめても、
必ずや　去ったもの、過ぎたことと
伝えられ。

ここでは神々も供物、
疾病《えやみ》は来る。

さまよう声

空が生まれるところから
川は始まる、
と風に教えられて。

ここまで遡ってきたのだが――

かなしい声が聞こえてくる
あれは誰かが泣いているのか

それとも、
自叙にも似た、鳥の声なのか。

川がゆるやかに蛇行するあたり
細い足首を濡らしながら
そっと手を差し入れると
流れはふたつに分かれて
生死のように
さらに澄み渡っていくだろう
「夢の跡」と呼ばれた土地にも草は生え
いにしえの夢をおおいつくしていくが
あるいは　その夏草も
夢から育ったものかも知れず。
ひととき、
白い鹿の幻を見た

空はひくく垂れ
「ふるさと」とは
生まれたら、生涯、
その外には出られぬ場所と
告げるのは、他人ならぬ声
今日、はるかに遠く　西の方で
新しい国が生まれたと
風はささやいた

はてしない夜を、
終わらせるために。

あの魂が震えるような
かなしい声は　誰のものなのか

渡りからはぐれた漂鳥のように
声という声からはぐれてしまったような
あの声は。
もし、何かの来歴を語れというのなら
あの声を、
この世の裂け目から響いてくるような
その声を、
その由来を、
あらましを。

夏の花嫁

〝黒い砂嵐《カラブラン》〟は地表に
異界を開き、
砂漠の民《ウイグル》でさえ畏《おそ》れる、その一夜
人はひたすら地面の窪みに
うずくまっているほかはない
地面になるように、
大地であるように、

ナゼ、川ハ、コウヤッテ
必ズ、南ニ、流レル、ノ、デショウ？

寒い心のような一夜が明けると
あたりの景色は一変している
地面には塩が噴き上がり
乾いた川床を掘って
わずかに得られる水は　塩辛い。
塔克拉瑪干《タクラマカン》、この「一度足を踏み入れたら
二度とは戻れぬ死の、世界」は夏を迎え、

この砂漠では、夏には洪水が起こる。

ナゼ、川ハ、コウヤッテ
必ズ、南ニ、流レル、ノ、デショウ？

ナゼ、川デハ、死ンダ人ニ、会ウノデショウ？

崑崙《コンロン》山脈で氷河が溶け始めると
地面はどうどうと鳴り始め
雪解け水は大地に潜り込むように
南下していく
不毛の砂漠を　なぜ耕すのか
人よ、そう問うてはならない
なぜなら、人よ
ここでは生死は同じもの
ただ二箇月だけ出現する大河が
その生死を分かつだけなのだから

ナゼ、川ハ、コウヤッテ
必ズ、南ニ、流、レ、ル、ノ、デ、シ、ョ、ウ？

（そのせせらぎは地鳴りに似て冥《くら》く、
その暗がりの奥深くには、いまだに死者の声が潜んでいる――）

そして　その声が溢れるように
水位が地表を超えたとき
大河は砂漠に現われる
枝分かれを繰り返し
地中に潜り、合流し
次第に広やかに、南へ
南へと　砂の国を貫いて
やがて、その腕で
開拓地を濡らしていくだろう

ナゼ、川デハ、死ンダ人ニ、会ウノデショウ？
（どうしてなのかは誰にも分からない。死者に出会ったとき、自分が死んでいるのか、まだ生きているのかも――）
ここも「なつかしい日本」？

新疆ウイグル自治区、ホータンに
長い影は落ち、
五百キロのタクラマカンを貫いて
タリム川と合流するまで百四十日。
幻の大河は舌のような川の始まりでもって
地にあるものを濡らし
生死を分かっていく。

ナゼ、川ハ、コウヤッテ……
ナゼ、川デハ、死ンダ人ニ……

死体さえ腐ることなく干からびるこの国では

川を渡って嫁いでいくと
一生、水には困らないと語り継がれ
佳き日、花嫁はヴェールで顔を覆い
生まれたばかりの川を渡っては
新しい絨毯とともに
嫁いでいくという

人の果て

あたりは揺らめいて。
言葉にしようとしても
ただ気泡が散るばかり
息をする必要もなくて
心も肺も蒼ざめていくから
ここは水のなかなのだろう
しずかに、魚が指をかすめて。

絶え間なく後に引かれる、
かすかな力を身に受けて
暗く鎮まっていく足元には
殻が透けるような小さな小さな貝が棲み
空と覚しきところは
鬼火のようにゆらゆらと
動き止まぬから
ここは川の底なのだろう
何事かを語ろうとしても
ただ震えが水に追いやられるばかり

昔の自分に手紙を書くように
訪れるのが故郷なら
神送りの日、
古里さえ通り過ぎるのは

かなしみさえをも貫く
光のような道筋だろうと
今こそ、教えられて
このあたりでは
誓言も空しく響くばかりで
ときには流木のような白蛇が道を塞ぎ
人は、生きているときよりも
死んでからのほうが忙しい。
人だったものと人が立ち働き、その

人々の幻のなかを
白い鹿が通り過ぎた。

昨日のことは思い出せない
明日のことは考えられない

水のなかにあっては
川底にいては
けれども今日は。
晴れやかなさざなみに
空の高みが映し出されて
温《ぬく》みというものと
永劫に縁のないだろう、
水の冷気はしんしんと
望郷の思いも冷やしていって
この抵抗の涯てにあるものに
身を誘う。

千の文字、万の文字

「国破れて、山河あり」と
古人は嘆じたが
もし不壊《ふえ》の御霊《みたま》があるのなら
金剛の身にしか宿りえぬ。
どれだけの時を経ても
山は山のまま　けれども
次第に「時」の
まろみを加え、

人は人の身のまま、いずれ
朽ちていく。
なのに、川は。
いまだに枯れることなく
自らの由来のままに流れつづけている
思いなかばで倒れた者を
抱きかかえるように。
反魂の香が、すっと立つ。
雨と雨でないものの
あわいを縫って。

あれが、衣川《ころもがわ》。

いにしえのうたびとを誘って
心まで凍《し》みさせたところ

それから五百年は過ぎ。
いまひとりの旅人に
夏だというのに
寒冷をもたらして
さらに三百年が過ぎ――
冷えた水は「無言」を語らう。
身の老い鎮まっていくときに
しんしんと聞こえてくるような。
その音に似て
純粋な苦痛がここにある。

そこで白い鹿は射抜かれて。
ひととき、雪原を貫く川を見た
ひととき、雪原を貫く川を見ていた

空位の国にも

なぜ、問われるのは道行きなのか
渡河するたびに　人は
自分の声と出会う
薄衣から狐禅寺へ
耳鳴りが激しくなるころ
墓石を抱きかかえるように
川は蛇行するようになり
いまだに北の、蓬萊山《ほうらいさん》の斜面には

時雨《しぐれ》にかすみ
ひややかな山気に育《はぐく》まれて
銀葉かげろう草が
虚空に結ぶ夢のような花を
咲かせているだろう
魂が今にもあふれ出しそうな
かなしみに満ちた鹿の目を見た

その流域で。

千年、人々が暮らしたころ、神々は去り
さらに千年を経て
墓石ばかりが残された
人々も去り。
そこからは、空も見えない

身の老い鎮まっていくとき
ゆらゆらと幻が整列するように
耳のなかを流れ始める川がある
それゆえの、耳鳴り
そこからが、道行き
いつからか人々は
自分に理解できないものを
憎むようになった
家のまわりには
いやな草ばかりが生い茂る
古里から　古里への
生まれてから逝くまでの
道行きが問われるようになると
老いた心にも緑が　いや増して

疲れはてた身を誘《いざな》うのか

それが　かなしみの正体
川に添って連なる白壁に染まらぬように
少し声をひくめれば、
このあたりで
生まれてくる子は
すべからく女。
語尾は地に埋もれるように
くぐもって。
ささやかな物忌川《ものいみがわ》を護《まも》る
罔象神《みずのかたへのかみ》には聴こえぬように。

その流れのかたわらで
問われるたびに

人は自らの声と出会う
死後に通り過ぎるとしても
川音は身を切るようで
幽世《かくりよ》から湧き出す
闇のようで。
ほのかな灯りを求めて　瞳を凝らすなら
誰もが蒼白い鹿を見る
今は　ただ疑いを知らぬ瞳だけが怖しい。
知らぬ間に夏は過ぎ
山々はあでやかな紅葉に包まれて眠りに就く、
そして、神々が去ったころ、
二匹の鹿はその仲を引き裂かれて
ふたつの海へと振り分けられ
かなしく波に洗われる
半島となった——

そして今は、どんな声も聞こえない
魂が今にもあふれ出しそうな
かなしみに満ちた鹿の目を見た。

水の否決

黄昏《たそがれ》には吐息でしか触れえぬような
かすかな響きがある
数十年、その響きを訪ね歩いていると
土地という土地が
どのていどの水を含んでいるものなのか
足裏から伝わってくるようになるのだが
だとしたら川岸が
こんなにも乾いているのは

なぜなのだろう――

水に拒否されるもの、
川に否決されるとき
生涯というものは懶《ものう》く
瞬《また》けば余生が始まっている
とどこおるように
かえりみるように
ふるさとに包まれて
なのに起源からは隔てられるようにして。
そんなときだ、
たとえば、「祖国」という言葉のように
名指しえぬ感情が生まれるのは。
たとえば、そんなときだ
人が川の源を見たいと思うのは。

会話が交わされるたびに
存在は少しずつおびやかされるから
ときとして自分の声が聞こえなくなる
ところが川を渡るとき
見慣れた景色もしずかに揺らぎ
ときに、人は、
自らと出会う。

人々はその川は世界の中心に始まると信じていた。

伝承は伝える、
ユーラシア大陸に宇宙の中心があり
巨大な魚に支えられ、紺碧の空に聳え立つ、と。
そこは標高六六五六メートルの永久凍土

山裾には、天地創造神の心を映す
聖なる湖、マナサロワールが霊気をたたえる
氷雪に象《かたど》られた聖山カイラス。
かたわらでは一頭の獅子が
日夜、水を噴き出し
褐色に湧き立つ四つの大河が生まれる
名づければ、
獅泉河《インダス》、牛泉河《ガンジス》、象泉河《サトレジ》、馬泉河《ヤルンツアンポ》、と。
一九〇七年、
スウェン・ヘディンは川の始まりをたずねた
チャンタン高原での死の彷徨のはてに。
「二人の老いた巡礼者が、二つの岩の間に
死んで横たわっていた。
彼はこの神の山をめぐる
巡礼を成し遂げるだけの体力がなかったのだ」

その魂は、老人がそう信じたように
輪廻の大海に浮き沈みしているのだろうか？
カイラスに倒れ、鳥葬に付された骨は
聖山の氷片のように見え、
大河はその下流で
少女の屍体をも流し去っていく、という。

＊引用はスウェン・ヘディン『チベット遠征』より

不滅の海

誰かと出会うように橋を渡るなら
時間も昨日あたりから止まったらしく
紅葉に彩られた山々は　まるで
一幅の絵のようだ
自然がありありとしたところでは
人は、蹲《うずくま》るかのように暮らし。
ときおり、水を争ったりもする
ひそやかな処《ところ》だけをまさぐりあうように

川は衰え。

生まれたということは、
死にゆくことにほかならない。
そう気づいたときに
人は生きている証を求めるが
それは　求めるほどに遠ざかり
探すほどに隔って
何を問うたのかも忘れたころに、
あまりに明らかな証が訪れる
きっと、何の予兆もなしに。

何かを為したのが悪だったのか
それとも、何も為しえなかったことがいけなかったのか？
人として、「現象」していると

どうしたことか、
母になりうるものと
母にはなりえぬものが出会って
母になりうるものか
母にはなりえぬものが生まれるが、
そのどちらかであることではなく、
この水に恵まれた邦《くに》に
生を享《う》けたことが過誤の始まりだったのか？

今日もまた、死者のすすり泣きが聞こえる

今なお、死者のすすり泣きが
聞こえるという「旅人の墓場《タクラマカン》」に
今日も、ただ影を深くするためだけのように陽は落ち
無限に等しい砂の圭角を研ぎ澄ましては

冴え渡らせていく
ここに立つならば、彼方までを見渡すことができるのに
人は、何も見ることができない
ただ砂、
そして砂の平原が広がって
どちらを向いても、いささかの違いも語りえぬ
縹渺《ひょうびょう》たる景色が広がっているばかり――。

不毛の砂漠を、人はなぜ耕すのか?

絶え間なくうねり咆哮する砂の海　ひとたび足を踏み入れたならば二度とは出られぬ死の結界、このタクラマカンの中央にマザータータク山脈は位置している　標高、一万三千四百メートル　その山頂には、いにしえの帝国の城塞の遺跡が残り。

ウイグル族が聖なる山と呼ぶ、その山頂から、見渡すことができるのは、ただ刻々と姿を変える砂の海ばかりなのだ。

不滅の海。

この地上で、河川という河川が
海に流れ込むことを止めたなら
海も、いつかは枯れ果てるのだろうか
この砂漠もまた、
光と影が織り成すうねりと波のなか、
海の比喩としてあって、
比喩は比喩のまま、
決して本性を示す日は来ない。

相背くように

「悲しみによってその名を得た
誰にとっても北国とは、拒否せよ、を意味する」
W・H・オーデン

このあたりでは　まだ
夏の名残りの光が
震えるように降っている
その透明な震動は　いずれ
凝《こご》って形を成し
しずかな雪に変わるだろう
音もなく雪は降り
言葉もなく人は斃《たお》れ　人は

折り重って艶れ
そのために山裾はなだらかになるだろう
このあたりでは　旅人の
肺のなかまで蒼ざめていくだろう
どんな言葉も聞かれない　ただ。

その声は水の色をして。

このあたりでは　ただ
雪が降り　降り積んで
大気も水の色になっていくとき
病を得るときの
すみれ色にけぶるような
瞳になって
「ふるさと」は初めて名前を得るだろう

それは、風や大地や
光やせせらぎで出来ているのか
それとも、

言葉で出来ているのか。

このあたりでは　今も
なお丸みを加える山裾に
言葉にならなかった声が積み重って
あおざめた響きが生まれ
反響して次第に大きくなっては
大気を震わせて　ときに
川を狂わせる、
その声は水の色をして
人と川とをともに流れていくのだろう

百年前のまぼろし

ふと気づくと、空が低かった
鹿の幻影も遠くに去って、
残像のように
雪をいただいた山がうずくまっていた
名前も知らないが、その山は
大地を掴んだ鷲のように見えた
この街を歩いていると
どこにいても川音が聞こえてくる

からすうりやつたうるしがからんだ
川岸を歩いていると
百年は昨日のようで
小さな舟が行き来し
千年は明日のようで
流れていった赤子たちの声も聞こえる

ふと立ち止まると、橋のうえだった
この街を歩いていると
どこにいても鳥の鳴き声が聞こえてくる
人生とは、なぜ
遠のいていくものだけで出来ているのか
鳥は、そう問いかけては
地にあるものの無援を嘆いた
そのように聞こえたが

それもまた、地にあるものの
驕慢であるのかも知れなかった
けれども、と話し始めるのは
生あるものの思い上がりで
でも、と口ごもるのは
死に行くもののならいであるから
せめて月光に似た酒を醸すしかなかった
月の光が肌を暖めることがないように
その酒は決して酔いをもたらすことがない

色のない水のような疲れ。

それだけが得ることのできるものであったとしても
人のからだのなかにも　水は
流れつづけるから

旅人の影は次第に薄くなる
その影が浸みるように
地面に溶けていくとき、
旅人は初めてふるさとの意味を知るだろう
それは土地の名ではなく
心の起伏のように
日々に陰影を織り成して
つねに自分とともにあったのだ、と。
百年は今、足元にあって
千年の長い影は落ち
川も人も、必ず別れていって
かつてあった出会いのときだけが
あたかも源流のように
ひとたび遠ざかっていく

あれは何年前のことだったのか
高洞山のふもとに発する川に添って
紺屋町、神明町を抜け
肴町、馬場町を過ぎると
川は川と出会い
稲荷町、中屋敷町を抜けて
中川町から馬場町を望むと
川と川は出会い
そこから、北へ
肺病の人のようにあおざめた柳がそよぐ岸辺を歩けば
材木町から梨木町《なしのき》、
前九年から安倍館《あべたて》町へと
いにしえの争乱の響《とよ》みをとどめる町並みを
流れは南下していく
ときには浮橋がまぼろしのように浮かび

破橋の響きも聞こえてくる。

人生とは、なぜ
遠ざかっていくもので出来ているのか

問えば、色のない水のような
徒労が、からだのなかに澄みわたり、
水の音が鮮やかに聞こえてくる
それは川の音ではなくて
人のなかを流れる水の音
母のまぼろしのように。
上堂から厨川《くりやがわ》へ
ゆるやかに歩を進めると
妻ノ神が住まう蒼前長根山は
深々と緑の奥へ鎮まりかえり

その南には、山神の心を映すかのような湖が
山あいに広がって
旅人のからだのなかの
水という水を新たにするように冴え渡る
神々が去ってから、すでに千年
けれども、そして、でも、と口ごもりながら
死にゆくものは、今日も
川面と同じほどの高さにあって
ひたすら遠ざかっていくものを
見つめている

神々が去ってから、すでに千年。
色のない水のような疲れのなかに深く沈み、
水と戯れるようにして。

水守り

いつも見送ることができるのは、
他人の背中ばかりだから
生きているかぎり、誰であれ
見送ることに慣れることはできないのだろう
だから、見送られる身になったときには、
少しだけ　人は
あの世を垣間見ることができるのだとも。
それは人差指ほどの

蠟燭《ろうそく》の灯のようで
このうえなく、はかなげで
何とも
ふたしかなものでしかないのだが。

かつては、「水守り」と呼ばれる仕事があった。

人は水辺でしか生きられないから
必ずや川のほとりに住まうのだが、
川は、たやすく狂っては
人の営みを呑み込み押し流し、
水面に映る、暮らしの疲れのような
翳《かげ》りを流し去っていく
それゆえに、人は。
畏《おそ》れおののきながら

水位を見守るしかなかった
自分が自分からはぐれていくように
ただ川面ばかりを見つめていると
人生もまた、限りなく滞《とどこお》っていく
その姿は、一篇の詩にも似て
かぎりなくさびしい。

今日も雨は熄《や》まない。
あでやかな金襴の茶碗を割るように
この世を雨音で閉ざし、
川守りは、ひたすらに善解除《よしはらえ》、
悪解除《あしはらえ》を祈っては、
一心に、縄をなうしかない

そして、人は、

つねに他人の死ばかりを見送って
今日も水位のような生の姿を見守っている。

七時雨山《ななしぐれやま》から

霧が疲れた心のように流れると
なにやら背中が冷えていく
まるで、神の「立《た》ち有《あ》り」に立ち会うかのように
それをも「祟《たた》り」の語源だと
知らないうちはまだよかったが。
しきりと　首筋のあたりに
何かを感じるのはなぜだろう
白坂観音から水汲沢を越えると
科木《しなのき》が立ち並び、

やがて塞の神の群れが見えてくる

日に七度《ななたび》、時雨《しぐれ》ては
その姿を出し惜しむ
狂おしくも清らかな山裾には
古くは　流霞道《りゅうかどう》とも、
流霞道《ながれしみち》ともいわれた道がつづら折りに伸びて
ほう、となるほど遠い昔には
いくさ人が行き通い、
後には鹿角街道とも呼ばれて
砂金を運ぶ道でもあったとか。
「七年飢渇《けかち》」といわれた苛酷な歳月、
人は人を喰い、川は陸を喰い
道も霞に閉ざされて、
人々が次々と倒れていった

空も、
なぶられて。
狂水病の犬がひっそりと走っていった

古書には、云う
「ヤ」とは「高きこと」
「マ」とは「限り隔りぬること」
すなわち「ヤマ」とは、
大地が積もり重って　天に近づき
ときに神が天降るところ。
七時雨山、阿弥陀山と連なる山並みは
火口原の外輪山を成し
ここから、川は始まるというのだが。

かなしい心まで緑に染めて
神秘がそのまま形になったような　みやまうすゆきそうやいちりんそう、
あるいは、りんどうやしゅんらんを踏まぬよう
深まる草木をかきわけて
ブナやオオカメ、
ミネザクラの木々の間をさまようと
水分神《みくまりしん》の住まう山は
濡れるように閉ざされて
すべてを秘匿していく――

昨日のことは思い出せない
明日のことは考えられない
生涯も、また。
それもまた言葉で書かれるものだから
流霞道《ながれしみち》を歩いていると

からだはうっすらと
燐《リン》のようなあおい光を帯びていく
魂がさまよう時刻、
ふるさとは母語で編まれて。

北上川は、丹藤川、松川といった支流と合流し、その岸辺に詩人の心のような河岸段丘を形成しながら、次第に大河となっていく。その源は、西岳山麓だとも、丹藤川だとも言われ、誰もが最後は口ごもる。ただ、河川指定上の源流は、岩手町、御堂観音境内の弓弭《ゆげ》の泉であって、いにしえの東征の武将に由来するその泉は、あたかも正史のような伝承とともに語られもするが、弓弭の泉のかすかな湧水に、大河の面影を求めることはできない。いや、そうではなく、七時雨山こそ水源と語る人も多いが、

それも流れる霞のようにさだかではなくて、旅人の背中
は、ひたすらに冷えていく。

たとえ、すべてが隠されていたとしても
神の示現こそが祟りなら、
今日も時雨れていくこの山は
久遠《くおん》の眠りのなかで
謎が積み上がるようにして出来たもの。
もう何を信じていいのか分からなくなって
旅人が道を誤ったとしても
草木も上代のように言《こと》の葉《は》のようにしてあって
その物語に耳傾けるならば、
ふと、午睡のような生涯は終わっている

＊「祟り」の語源は折口信夫説、「ヤマ」の定義は、新井白石『東雅』による。

漂鳥

私のなかの千の国――
その奥底にさらに何かがわだかまる
ことごとくは　心象なのか
心象があふれて言葉と化した
荒野《あれの》にすぎないのか
身の老い鎮まっていくときにだけ
聞こえてくる音がある
けれども、　それを

音と呼んでもいいものか
どのような震えでもなくて
むしろ　何かの香りのようなのだ
人が死に
人が死ぬように死者も死に
さらに二度死んだ者は三度死に
「死後」を満していくようなのだ
このように水に恵まれた邦《くに》にあっては
人の生死もさだかではなくて。

ふと、雪の匂いがした。

次第に蒼ざめていく余白で
まだ一行目が記されていない余白の
空が堕落する

（それから五百年は過ぎ）
まだ書かれていない二行目で
水鶏《くいな》が鳴き始める
その声が空と混じるあたりから
（さらに三百年が過ぎ）
川は始まるのだろう
神々さえ供物にして。
滞《とどこお》るように　立ち止まるように
顧《かえり》みるかのように　舞うように
狂っていくように。

すでに神々も去って。

けぶれる乳房のような山々も
幽暗《おぐら》く大気に沈んでいる

山がこんなにも低いので
雲は犬の舌のように立ちこめ
空があまりに低いので
川はいよいよ凍え
手を差し入れるなら
流れはふたつに分かれて
生死のように
さらに澄み渡っていくだろう

このあたりでは
樹々の名をたずねても
「あれは、樹」という応《こた》えが返ってくるだけなのだ
そう、あれは樹。
そう、あれは山。
そう、そして、これは水。

「この土地では
人よりも狐狸の類《たぐい》のほうが多い
人だと思っても
それは人ではない
毛物《けもの》が化けているか
それともどこかが透けていたら
昔、人だったものだ」
そう、あれは人?

何やら、生きている人がなつかしい

私のなかの千の国——
どこからともなく現われて
何も語らぬのが、父。

気づくと枕元に膝を折り
ほほえんでいるのが、母。
うっすらと痛みを曳《ひ》いて
夜ごとの幻は通り過ぎ
漂鳥は渡りを見送って、
かなしい声で啼くだろう。
その声は雲を呼び、
明日はきっと雪になる。

跋

タクラマカン砂漠に、夏の二カ月だけ、突然、出現する大河があるという。崑崙《コンロン》山脈の雪解け水が次第に集って、死の土地に忽然と姿を現し、砂漠を南北に貫いて流れる幻の大河、ホータン。それは、日本の川とはなんと異っていることか。

上古の昔、孔子は川のほとりにあって「往くものはかくの如きか、昼夜を措かず」と嘆じた。この『論語』に見える一節は、休むことなく自らでありつづけるものへの感嘆であるとともに、ひたすらに過ぎていく時間の無情を嘆くものでもあったのだろう。

絶え間なく流れつづけるもの。川を、人生や時間になぞらえて眺めるのは、東洋においては、むしろ、ふつうの感覚であった。

しかし、どんな川にも始まりがあって、終わりがある。いつのころからか、私は、故郷に流れる北上川を河口から歩き始めて、その源流を訪ねてみたいと思うようになった。

その川の名は、日本の神話的な時代に、大和から「まつろわぬ民」とされた、もうひとつの国、「日高見《ひたかみ》」に由来している。しかも「北上」という名をもちながら、その川はひたすら南下するだけなのだ。だからこそ、私は北上して、川の始まりを見たいと考えるようになったのかもしれない。

源流を訪ねる旅となると、スウェン・ヘディンのことが思い浮ぶ。さまよえる湖、ロプ・ノールを発見したその探険家は、一九〇七年に、ヒマラヤ山脈の北に聳える独立峰、カイラスへと旅をした。カイラスは仏教徒、ヒンドゥー教徒、ジャイナ教徒、ボン教徒にとって、いまだに最高の聖地とされる場所であり、その未踏峰の聖域は、インダス河、ガンジス河など四つの大河の源流とされている。

スウェン・ヘディンの記録を鞄に、私も旅を始めたのだが、本書は、その幻の旅誌でもある。はたして、川の始まりは、私に何を教えたのか。おそらく、それは、人生や時間の比喩として語りうるものではなかったのだと、今にして思う。

二〇一〇年二月十五日
著者

初出

花の幽霊のように（「なぜ、かりそめの始めはあって」改題）
「現代詩手帖」2002. 8
北、という方位（「流域をさかのぼり、川の始まりを見に行く。」改題）
「Es パラディウム」3 号，2002. 5
幻の母　本書
神業　「抒情文芸」134 号，2010. 4
非望の、水（「非望の、水が流れている」改題）
「朝日新聞」夕刊，2002. 8. 3
神来なき小さな国を　「月刊健康」（共同通信社）2003. 3
共同通信配信，2003. 1
さまよう声（「千の文字、万の文字」改題）
「季刊健康」（共同通信社）夏季号，2004. 6
夏の花嫁（「千の文字、万の文字」改題）
「現代詩手帖」2004. 7
人の果て　「現代詩手帖」2003. 7
千の文字、万の文字　「現代詩手帖」2004. 1
空位の国にも（「山河はある、空位の国にも。」改題）
「現代詩手帖」2003. 1
水の否決　「ガニメデ」37 号，2006. 8
不滅の海　本書
相背くように　「詩歌句」夏号，2005. 7
百年前のまぼろし　「イリプス」16 号，2005. 9
水守り　「星座」（かまくら春秋社）53 号，2010. 4
七時雨山から　「現代詩手帖」2010. 8
漂鳥　「現代詩手帖」2005. 1

幻《まぼろし》の母《はは》

著者
城戸《きど》朱理《しゅり》
発行者
小田久郎
発行所
株式会社 思潮社
〒一六二―〇八四二 東京都新宿区市谷砂土原町三―十五
電話〇三（三二六七）八一五三（営業）・八一四一（編集）
FAX〇三（三二六七）八一四二
印刷所
三報社印刷株式会社
製本所
誠製本株式会社
発行日
二〇一〇年九月二十五日